Himmelsläuferin

Himmelsläuferin

Sylvia Keyserling   Ada Isensee
27 Gedichte   12 Zeichnungen

Verlag Barbara Staudacher

Wild dein Ruf überm See
auf jedem Wind gleitest du

Stürzt fängst dich auf
schiere Freude dein Flug

Atemlos ahm ich deinen Ruf nach
breite die Arme in den Wind

Oh dein Lachen leichtsinnig wie
dein Flug deine Spottlust und

Die Feder die du mir wie absichtslos
ins Haar trudeln läßt

I

I

Tödlicher Zaun
der noch den herbstfarbenen Abend
in Ost und West teilt
Wind Felder und
ein Dorf vom anderen

Ungehindert
westwärts ostwärts über Wächter
und Zaun und auf einem Wind
ziehn frei und stolz
nur die Vögel

II

Kraniche
graugefiederte Vögel der Sehnsucht
wie verwundert steht ihr im Abend
aufrecht die Hälse verschränkt
oder gebückt übers frischgesäte Korn

Stelzbeinig schreitet ihr übers Feld
breitet die Flügel und quert
die unüberwindliche Grenze
von Feindland zu Feindland
mit einem leichten Flügelschlag

Der Flügelschlag eines unsichtbaren Vogels
irgendwo zwischen Blättern
der Ruf eines Vogels im Sonnenlicht
das durch Blätter fällt und Muster webt

Das Miauen eines Bussards über den Bäumen
und ein hämmernder Specht und ein Häher der warnt
am Waldrand zirpen aufgeregt die Schwalben
es ist Zeit fürs abendliche Wettfliegen

Der Flügelschlag eines unsichtbaren Vogels
irgendwo in den Gärten
in denen sich jetzt Schatten breit machen
der Abend zieht ein mit Fragen und Gezwitscher

In der fallenden Dunkelheit halb im Schlaf schon
noch ein fragender Ruf dem ein anderer antwortet
und Stille dann und Nacht
und der klagende Ruf eines Käuzchens

Es ist in die Gärten gekommen wie damals
als ich ein Kind war und fragte
kündigt es Tod an da draußen im Birnbaum
oder klagt es nur allen den Schlaf aus der Nacht

Die Vielfalt des Lebens
breitet sich aus
unter deinem
länderweit schweifenden Blick

Unbegreifliches Glück
des sehenden Auges
wer liehe nicht gerne
deine Gestalt

Wer kehrte nicht gerne
heim ins Herz des Lebens
auf deinen Flügeln und
endlich sehend

Kleiner Vogel wunderlicher Sänger
fast ein Nichts aus bunten Federn
eine zarte wilde Handvoll Leben

Winde haben dich so oft verdriftet
Wasserwüsten hast du vielmals überquert
Wetter haben roh dich umgetrieben

Aber gibt es Wolken kleiner Vogel
Wolken die du niemals streiftest
gibt es Höhen die du nicht erflogst

Bist du nicht ohne Gefährten
schon ins Sommerland geflogen
nur ein Punkt hoch über Meer und Land

Sing mir davon
sing mir noch mehr von deinem wilden Mut
sing mir vom Spiel auch und vom Wind

Und von der Freude wenn das erste Licht
die Dämmrung wieder überwindet
und du die Nacht zersungen hast

Welcher Jubel wenn die Schatten sich heben
wenn die bloße Ahnung des Lichts
Stimme auf Stimme wachruft

Wenn die Dunkelheit endlich schwindet
und mit ihr die argen
Stunden der Furcht

Stunde des Wiesels des Marders der Katze
und ihrer geflügelten
lautlosen Schwester der Eule

Morgenlicht vielstimmig gesegnet
mit wirbelnden Trillern mit Rufen und Flöten
mit entzücktem Gezirp und Gezwitscher

Sonnenvogel
dessen Klugheit die Alten bewunderten
im Fluge sagten sie formst du Buchstaben
selbst die Schicksalsschwestern
borgten sich deine Gestalt

Kranich
Vogel des Glücks und des langen Lebens
wer zöge nicht gerne mit dir
in großartigem Fluge durch
Tag und Nacht und über die Weite der Erde

Unerreichbar
für uns Ungefiederte dein Flug
und wie unbeholfen
ahmen wir die Bewegungen deines
frohen Tanzes nach um dir zu gleichen

Gefiederte Geschöpfe der Luft
euch verehr ich seit Beginn der Zeiten
und nähre doch Hader in meinem Herz
daß ihr die Nachfahren der Echsen
ausersehen wart für den Flug

Ja ich trug den Federmantel
ich tanzte den Kranichtanz
den Gleitflug des Adlers das Segeln
der Schwalbe ahmte ich nach
und den Gesang der Drossel

Ich ließ meinen Leib zurück im Hain
meine Seele geleiteten Trommeln
ich flog auf Rabenflügeln ins Andere Land
und erschuf die Feder noch einmal für mich
ja ich flog wie Vögel fliegen

Ich erfinde Flugmaschinen
ich prahle mit den Flügen des Geistes
und bin doch den Reptilien verwandter als ihr
spür ich nicht täglich die Fessel der Erde
die mein Verlangen nicht stillt

Gestern erst dieser prächtige Fächer
schillernde Eisvogelfedern

Heute fliegst du mir zu
blaugefiedert daß ich dich erkenne

Reißt dir eine Feder aus
hüpfst hin und her auf dem Sims

Voll Ungeduld über mein
langsames Begreifen mein taubes Herz

Fliegst auf und oh wie ich deinen
Spott fürchte deine herben Worte

Mit deiner Feder im Nachthaar
sing ich mir Mut an

Gib mir ein Zeichen noch eines
siehst du nicht irre bin ich und blind

Geboren
in der Stunde
der Lawine

Wind
mein Gefährte
wildes Wasser
mein Weg

Folg ich
deinem Ruf
in die Verborgene Zeit

II

Ich trommle wiege mich
stampfe
singe dich zu mir her

Ich singe ich ruf dich
komm wieder
wilde Urvogelfrau

Komm tanz mit mir
im Feuer
laß lodern dein Gefieder

Komm stampf mit mir
ums Feuer
lehr mich den Großen Flug

Ich singe ich ruf dich
zum Tanze
wilde Urvogelfrau

War es nicht eine Göttin die prächtige
Federgewänder ihr eigen nannte
mit den Vögeln flog sie seit Beginn der Zeiten

Das Geheimnis des Großen Fluges kannte sie
und die Sprache der Vögel beides
verlieh sie den Frauen der Erde ihren Töchtern

So erfuhren die Frauen zuerst das Geheimnis
der Nacht und die Sicht auf Verborgenes
sie waren es die um den Liebesflug wußten

Gefiedert durchquerten sie die Weiten
des Himmels und flogen zwischen den Zeiten
nicht zu fürchten lernten sie den Geruch des Todes

Wie Feuervögel stiegen sie auf von den
Begräbnisstätten und sahen ins Dunkle Antlitz
Botinnen wie die Geleitvögel der Toten

Und wie diese kehrten sie unversehrt wieder
denn eine jede trug eine Feder
aus dem Gewand der Göttin im Flügel

So wie die Vögel der Rhiannon Seite an Seite flogen
die Toten erweckten mit ihrem Gesang
und die Lebenden tief in Schlaf versenkten
erscheinst auch du als die Liebliche
und als die die Schrecken verbreitet

Keine gleicht dir an Schönheit
du bist das Lilienmädchen die Wunderschöne
die Sehr Geliebte die Schwanin
du bist die wirbelnde Tänzerin du kennst die Wege
der Zwischenwelt und weist sie den Suchenden

Du bist auch die wölfische Alte die Furchterregende
die jäh ihr grausiges Antlitz enthüllt
die ihre Kinder verschlingt die Totenverzehrerin
die schwarzgeflügelte kreischende Krähe
Herrin der Dunklen Abgründe

Dunkelheit aus der du Leben erschaffst
und in die du die Lebenden stößt
wie die Vögel der Rhiannon Seite an Seite Leben und Tod
und wie die schöne Rhiannon selbst
die Leben gebar und die ihre Kinder verschlang

Flamme des Lebens
lachende Göttin
herznah im Lichtflug
zwischen den Welten

Gestirnt dein Gefieder
singender Schwan
weiße
Göttin der Lieder

Träumend im Nachtflug
zwischen den Welten
Flamme der Freude
wandernde Göttin

Verspielt in den Lüften und von den Sängern
der größte an Gestalt
wenn auch ohne liebliche Stimme
kündest du dich an mit heiserem Schrei

Von den Menschen gefürchtet als Todesbote
als Unglücksbringer verfolgt
als Räuber und Gefährte der Waldfrauen

Um deiner Klugheit willen aber
der Dunkelhäutigen beigesellt
der heftigen Alten die durch die Nacht hinkt
der grimmigen Morrigan der die nach Blut giert

In ihrer Rabengestalt
kreist sie über den Städten des Todes
streift nachts mit dem Flügel die Fenster

Wer in Haus oder Hütte
ihren gräßlichen Schrei hört muß sterben
du aber geleitest die Gerufenen
sicher ins Andere Land

Schwarz
dein gefiedertes Gewand
deine Schleier

Dein Auge
unverhüllt
tötet

Todin
Gebieterin der Schwarzen Vögel
Hüterin der Wasser

Tanzend
auf dem Grat
zwischen Leben und Leben

Zornig durchstreifst du die Finsternis
gehüllt in Raum Göttin älter als die Zeit

Singst mir dein wildes Lied in den Schlaf
deine Trauer
um das zerstörte erniedrigte Leben

Erinnere dich singst du an die erhobenen
Stimmen der Frauen in anderer Zeit
ihr Rat wurde befolgt

Erinnere dich der Macht die das Nein birgt
ausgelöscht seit langem
in euren furchtsamen hörigen Herzen

Erinnere dich singst du erinnere dich
an meinen gefürchteten heftigen
Heiligen Fluch

Toderschrocken erwach ich
grauenvoll ist die Berührung deiner Flügel
Große Rabin

So hast du einst nur die Sterbenden gerufen
ja ich erinnere mich

Lautlose Königin der Nacht
weichgefiederte Eule
du gleitest wieder durchs Dunkel
vorbei sind die Jahre des Schweigens

Dem Wüsten Land
gaben wir Heimstatt im Innern
und die uns anvertraute die Erde
verwüsten wir Tag um Tag

In Vogelgestalt kreist du Mutter Zeit
über unsern hochmütigen Städten
den Großen Fluch auf den Lippen
der Tod bedeutet

Der uns in die Unendliche Tiefe schleudert
aus der du uns einst erschufst
ohne Bedauern verstößt du uns
vom Angesicht deiner Erde

Schwester der Bäume
verwurzelt
im Feuer der Erde

Schwester der Winde
Gefährtin
der wilden Vögel

Schwester der Sonne
frei
und stolz ist dein Gang

Schwester
Traumschwester
Himmelsläuferin

III

Ich bin die Grasmücke die in den Hecken nistet
eine Lerche die übers Feld schwirrt bin ich

Ich bin der Kleiber der kopfunter im Geäst klettert
eine Ralle die sich im Röhricht verbirgt bin ich

Ich bin der Falke der im Sturzflug herabstößt
eine Eule die durch die Nacht gleitet bin ich

Ich bin der Geier der den kahlen Fels bewohnt
eine Wildgans die rufend übers Meer zieht bin ich

Ich bin die gefiederte Tochter der Erde
Schwester des Windes ich wandle meine Gestalt

Aus dem wilden Geschlecht der Vögel bin ich
das sich einst kreischend und flügelschlagend erhob
aus dem Schlamm der Ufer
über unsre Ahnen die kleinen und großen Echsen
um in den Bäumen zu leben oder hoch oben im Fels

Aus dem wilden Geschlecht der Vögel bin ich
das nach Vielfalt verlangte zu Beginn der Zeiten
wie die andern Kreaturen der Erde
aber mehr noch nach Anmut und verwegenem Spiel
nach der Kühnheit des Fluges und nach Gesang

Aus dem wilden Geschlecht der Vögel bin ich
das sich einst mit den Winden verband
wir erschufen das Wunder der Feder
und alle Arten des Fluges bei Tag oder Nacht
selbst ins Schattenreich drangen wir vor

Aus dem alten Geschlecht der Vögel bin ich
das den Menschen später geboren als wir
beistand auf ihrem Weg durch die Schwarzen Wasser
selbst das Herz des kleinsten der gefiederten Sänger
ist unerschrocken geblieben bis heute und wild

Wie einst Lilith die Drachin die zwischen den Zeiten flog
vertraust auch du
deinen geflügelten Leib nur der Nacht an

Wie sie wählst du die einsamen Pfade zwischen
den Welten
tags aber gehst du einher wie die Frauen alle

In deinem kühnen Blick deinem Gang deinem Lachen
selbst im Schimmer
deines Haars und im Schwung deiner Hüfte

Verbirgst du das Wissen um Nachtflug und Sturz
um die atemberaubende stürmische Weite
um den unerbittlichen Raum den dein Auge durchdringt

Die Rotgefiederte
die Milanin
hat mich Anmut und Flug gelehrt

Diesen Flug der Papier gleicht
vom Feuer geschwärzt
scheinbares Spielzeug des Windes

Auch den Tanz und das Gleiten
den Sturz und das Pfeilen
das Ziehen der Kreise

Leicht wie sie
zähm ich den Wind jetzt
unter meinen Flügeln

In den Winternebeln des Nordens flieg ich
allein über Wäldern und Moor
und am Ufer der Flüsse
gesell ich mich anderen Vögeln
ruh ich wie sie im Altgras der Sümpfe

Und dann in der ungewissen Frühe der Tage
überrascht mich jäh
der Geschmack deiner Nähe deiner
salzigen Haut auf meiner Zunge
bevor ich mich aufschwing über Nebel und Sumpf

Ich fliege weit höher noch als die Wolken
gleite endlos unter der blassen Sonne
die Kraft meiner Flügel erprobend
ruf dich eh es dunkelt
wie Kraniche ihre Gefährten rufen mit kehligem Schrei

Ich ziehe ich rufe ich grüße die Lande
schöne Erde der Lebenden und Lande der Toten
Lande der Zwischenwelt und der Verirrten

Ich folge der Sonne ich berühre dein Herz
ich bin das Zeichen zwischen den Wolken
nach dem du die Augen dir wundschaust

Ich breite die Flügel auf die Ströme der Luft
ich durchstreife die Farben des Himmels
wie ein Ding aus Mond gleit ich durch die Nacht

Ich fliege und rufe ich grüße das Licht
ich berühre dein immer noch zauderndes Herz
schwing dich auf und komm mit bereu nichts

Schwing dich auf schwerelos über Berge und Meer
ich bin mit allen Landen vertraut ich bin
auf dem Wind zuhaus ich ziehe der Sonne entgegen

Vertrieben habt ihr mich aus den Wäldern
aus Hecke und Feld aus den vertrauten
Sümpfen und Seen wo ich rief und sang
wo ich nistete und die Kleinen aufzog

Vergiftet habt ihr Regen und Wind
Tod streut ihr aus über den Äckern
über Blume und Kraut über Käfer und Wurm

Die Sonne verhüllt der Schleier der Städte
auf den Meeren treibt übelriechendes Zeug
das meine Schwestern und Brüder strandet
Treibgut an den Ufern eines qualvollen Todes

Ihr habt mir die Flügel geneidet und nachgeahmt
ihr habt mich verehrt und geliebt
und verfolgt und geächtet und bitter gehaßt

Noch quer ich die Zeiten in meinem Flug
noch heb ich die Stimme und preise das Leben
doch euer gieriges Herz läßt nicht ab
vom Geschäft des Tötens das uns alle zerstört

Eine Rabin bin ich
mit Rabinnen flieg ich
von Rabinnen lern ich

Ein Feuer hüten
Wasser aufspüren
in der Kälte nicht frieren

Durch die Verborgene Tür gehn
mich nicht umdrehn
mit dem Herz sehn

Aus Trauer und Zorn
eine kraftvolle
Stimme mir schmieden

SYLVIA KEYSERLING

geboren 1951 in Innsbruck, lebt als freie Lyrikerin und Kinderbuchautorin
und als Lehrerin für Geschichtenerfinden und Geschichtenerzählen
in Stuttgart. Ihr erster Gedichtband erschien in Manila während eines
einjährigen Studienaufenthalts auf den Philippinen.
Von Sylvia Keyserling sind u. a. erschienen: Xaver Gsälzbär, Kinderbuch
(1984); Dunkellichtung, BildGedichtBand (1985); Frieda Freytag, Igelroman
(1985) und Theaterstück (1988); Im Baum sitzt ein Koalabär, Kinderbuch
und -theater (1991); Die Zirkusmaus, Kinderbuch (1992).
Im Verlag Barbara Staudacher erschien 1990: Die Gabe der Füchsin,
81 Miniaturen.

ADA ISENSEE

geboren 1944 in Potsdam, lebt als freischaffende Malerin in Buoch
(Remshalden).
Studium der Psychologie in Tübingen und München; Kunststudium in
Paris — École Supérieure des Beaux-Arts — und an der Staatlichen Akademie
der bildenden Künste in Stuttgart bei H. G. von Stockhausen.
Schwerpunkte ihrer Arbeit sind Zeichnungen, Radierungen und Glasbilder.
Werke von Ada Isensee finden sich in folgenden öffentlichen Sammlungen:
Württembergisches Landesmuseum, Stuttgart; Süddeutscher Rundfunk;
Staatsgalerie, Stuttgart; Augustiner Museum, Freiburg; Hessisches Landes-
museum, Darmstadt; Glasmuseum Immenhausen.

Gesetzt aus der 10 Punkt Bembo von Berthold. Gedruckt auf Garda-pad 13, 135 g von Cartiere del Carda, geliefert von Schneider/Söhne, Stuttgart. Reproduktionen in Duoton bei Systemrepro, Filderstadt-Bonlanden. Satz und Druck bei W. E. Weinmann, Filderstadt-Bonlanden. Einband bei G. Lachenmaier, Reutlingen.
Typografie und Herstellung durch Heinz Högerle, Stuttgart-Degerloch.

ISBN 3-928213-01-6 Vorzugsausgabe
ISBN 3-928213-02-4 Normalausgabe